AF509320

LES CONTEMPLATIONS

PAR

VICTOR HUGO.

C'est l'esprit tout rempli de préventions défavorables que j'ai acheté ces deux volumes. Les éloges éxagérés des journaux et leurs citations maladroites m'avaient mis en garde contre l'œuvre du poëte exilé.

Du style, me disais-je, des tours de force littéraires, des antithèses étonnantes, des paradoxes ébouriffants, des cliquetis de mots produisant d'éblouissantes étincelles, une grande variété de forme et une richesse d'expressions inépuisable, toutes les ressources d'une langue jeune, ardente, fougueuse, souple cependant et admirablement maniée, familière et sublime, fantasque quelquefois jusqu'à la prétention, maniérée jusqu'à la redondance, colorée toujours, même jusqu'à l'excès, jusqu'à la fatigue; et puis peut-être du trait dans la satyre, de l'esprit dans le sentiment, de l'imagination dans le choix des sujets; mais l'idée neuve, utile, morale, sociale, humanitaire, où sera-t-elle? Et à quoi bon toutes les qualités de l'écrivain, à quoi bon le style, à quoi bon la phrase, à quoi bon le verbe sans l'idée fécondante? Ce n'est pas tout encore. Dans ces deux volumes, récapitulation d'une vie de vingt-cinq années, à chaque page, entre toutes les lignes, sous tous les mots, je verrai sans cesse apparaître le *moi,* le *moi* envahisseur et absorbant, le *moi* amant, le *moi* époux, le *moi* fils, le *moi* père, le *moi* poëte descriptif et satyrique, le *moi* coloriste et fantaisiste, le *moi* romantique, le *moi* chef d'école, le *moi* royaliste, le *moi* républicain, le *moi* chrétien, le *moi* sceptique, le *moi* gentilhomme, le *moi* socialiste, le *moi* victime, le *moi* vengeur, le *moi* grand homme, le *moi* plus grand que nature, le *moi* toujours haïssable aux autres, quel qu'il soit d'ailleurs, et d'autant plus haïssable qu'il représente une individualité plus grande, parce que plus il est grand plus il tient de place, et que plus il tient de place moins il en laisse à *autrui.*

Telles étaient mes pensées lorsque, ouvrant le livre, je lus à la première page cette réponse que l'auteur semblait m'adresser :

« Une destinée est écrite là jour à jour.

« Est-ce donc la vie d'un homme? Oui, et la vie des autres hommes aussi. Nul de nous n'a l'honneur d'avoir une vie qui soit à lui. Ma vie est la vôtre, votre vie est la mienne, vous vivez ce que je vis, la destinée est une. Prenez donc ce miroir et regardez-vous-y. On se plaint quelquefois des écrivains qui disent moi. Parlez-nous de nous, leur crie-t-on. Hélas! quand je vous parle de moi, je vous parle de vous. Comment ne le sentez-vous pas? Ah! insensé, qui crois que je ne suis pas toi... *homo sum.* »

Voilà de belles paroles, me dis-je, et s'il est vrai que mon *moi* et celui de l'auteur ne fassent qu'un, je suis mal venu à me plaindre de son *égotisme.* Mais ne se trompe-t-il point? Et comme dirait *Sosie* :

> Etre ce que je suis est-il en *sa* puissance?

Oui, si l'amour du prochain le possède, s'il regarde comme siennes les joies et les douleurs d'autrui, s'il se sent vivre dans les autres êtres.

Cependant comment se fait-il que nul encore ne se soit aperçu de cette puissante sympathie qui lui fait prendre, dit-il, et amasser en son cœur les émotions du prochain pour les faire siennes? Comment se fait-il que nous, qui aimons sa personne et admirons son talent, n'ayons pas encore remarqué qu'en parlant de lui, c'est de nous qu'il parlait? Et s'il est vrai qu'il ait chanté notre joie et pleuré nos larmes, comment se fait-il que nous ne l'*ayons pas senti?*

N'est-ce pas plutôt une transformation qui se produit chez le poëte, un progrès moral qui vient de s'accomplir et dont le public n'avait pas encore obtenu la révélation ?

Est-ce la réflexion, est-ce le malheur, est-ce l'exemple, est-ce la science qui ont fécondé son esprit? Toujours est-il que dès cette préface je vois que le *vieil homme* a disparu.

Mais cette préface est datée du mois de mars 1856; le progrès moral dont elle porte la trace, remonte-t-il beaucoup plus haut? C'est ce qu'il nous sera facile de reconnaître en lisant ces deux volumes qui contiennent vingt-cinq années et dont les pages, avec leurs dates, représentent, selon l'expression de l'auteur, une destinée écrite jour à jour.

Parcourons donc les feuillets de ce livre pour y chercher l'esprit de l'homme et les phases progressives de son développement.

Les premières pièces du premier volume (le premier volume s'appelle *Autrefois*, le second se qualifie *Aujourd'hui*) nous reportent aux vieilles querelles du romantisme. Il est curieux de voir à la dis-

tance où nous sommes placés aujourd'hui, l'importance que l'on atta-
chait alors à ces affaires de mots. Le poëte, ayant à se défendre contre
les réquisitoires des conservateurs *académistes*, rappelle, sous une
forme saisissante et imagée, ce qu'était devenu le style classique aux
mains des disciples de Boileau et des imitateurs de Racine, et dit
quel fut le mouvement qu'il provoqua :

.... L'idiome,
Peuple et noblesse, était l'image du royaume,
La poésie était la monarchie ; un mot
Etait duc et pair, ou n'était qu'un grimaud ;
Les syllabes, pas plus que Paris et que Londres,
Ne se mêlaient ; ainsi marchent sans se confondre
Piétons et cavaliers traversant le Pont-Neuf :
La langue était l'Etat avant quatre-vingt-neuf ;
Les mots, bien ou mal nés, vivaient parqués en castes ;
Les uns, nobles, hantant les Phèdres, les Jocastes,
Les Méropes, ayant le décorum pour loi,
Et montant à Versaille aux carosses du roi ;
Les autres, tas de gueux, drôles patibulaires,
Habitant les patois, quelques-uns aux galères
Dans l'argot ; dévoués à tous les genres bas,
Déchirés en haillons dans les halles, sans bas,
Sans perruque ; créés pour la prose et la farce.....
Alors, brigand, je vins ; je m'écriai : Pourquoi
Ceux-ci toujours devant, ceux-là toujours derrière ?
Et sur l'Académie, aïeule et douairière,
Cachant sous ses jupons les tropes effarés,
Et sur les bataillons d'alexandrins carrés,
Je fis souffler un vent révolutionnaire.
Je mis un bonnet rouge au vieux dictionnaire.
Plus de mot sénateur ! Plus de mot roturier !
Je fis une tempête au fond de l'encrier.....
Alors, l'Ode, embrassant Rabelais, s'enivra ;
Sur le sommet du Pinde on dansait : Ça ira ;
Les neuf muses, seins nus, chantaient la Carmagnole ;
L'Emphase frissonna dans sa fraise espagnole ;
Jean, l'ânier, épousa la bergère Myrtil.
On entendit un roi dire : « Quelle heure est-il ? ».....
Liberté ! C'est ainsi qu'en nos rébellions,
Avec des épagneuls nous fîmes des lions,
Et que, sous l'ouragan maudit que nous soufflâmes,
Toutes sortes de mots se couvrirent de flammes.
J'affichai sur Lhomond des proclamations.
On y lisait : « Il faut que nous en finissions !
« Au panier les Bouhours, les Batteux, les Brossettes !

> « A la pensée humaine ils ont mis les poucettes.
> « Aux armes, prose et vers! formez vos bataillons !
> « Voyez où l'on eu est : la strophe a des bâillons !
> « L'Ode a les fers aux pieds, le Drame est en cellule.
> « Sur le Racine mort le Campistron pullule ! »
> Boileau grinça des dents; je lui dis : Ci-devant,
> Silence ! Et je criai dans la foudre et le vent :
> Guerre à la rhétorique et paix à la syntaxe !
> Et tout quatre-vingt-treize éclata. Sur leur axe
> On vit trembler l'Athos, l'Ithos et le Pathos.....
> Oui, je suis ce Danton ! je suis ce Robespierre !
> J'ai contre le mot noble à la longue rapière,
> Insurgé le vocable ignoble, son valet,
> Et j'ai sur Dangeau mort égorgé Richelet.
> Oui, c'est vrai, ce sont là quelques-uns de mes crimes.
> J'ai pris et démoli la bastille des rimes.
> J'ai fait plus : j'ai brisé tous les carcans de fer
> Qui liaient le mot peuple, et tiré de l'enfer
> Tous les vieux mots damnés, légions sépulcrales ;
> J'ai de la périphrase écrasé les spirales,
> Et mêlé, confondu, nivelé sous le ciel
> L'alphabet, sombre tour qui naquit de Babel ;
> Et je n'ignorais pas que la main courroucée
> Qui délivre le mot, délivre la pensée.....

Quel mouvement, quel feu, quelle verve entraînante! Ne dirait-on pas qu'il s'agit en effet d'une vraie révolution, d'une révolution sociale? Les mots marchent comme des bataillons serrés dont les pas font trembler la terre; on entend comme un bruit de cloches sonnant le tocsin dans les airs ; on sent comme une odeur de bataille. Mais dans tout cet émoi, je ne vois pas le peuple et n'entends pas sa voix. Or qu'est-ce qu'un mouvement où le peuple n'a point part? Une émeute de gamins, une conjuration de palais, une intrigue de grands seigneurs, un passe-temps d'oisifs, un complot de caserne , une folie de jeunesse, une charge d'atelier, une farce de carnaval, tout ce qu'on voudra, excepté une révolution.

Certes nous ne sommes pas de ceux qui méconnaissent la valeur de la réforme littéraire dont Victor Hugo fut un des plus ardents promoteurs et dont il est resté le défenseur inébranlable. Les règles d'Aristote et de Boileau, les arrêts de Laharpe et des autres législateurs *du Parnasse* emprisonnaient l'art dans des limites stupides. Il suffit de se rappeler la vieille tragédie dite de l'Empire—toujours la même tragédie pendant plus de cent ans —et le style noble de l'épopée, et la métaphore, et la mythologie, et la périphrase dite poétique, pour comprendre combien la littérature française avait besoin pour se retremper et se rajeunir, de briser les entraves dont la routine et la médiocrité l'avaient embarrassée. Mais ne s'exagère-t-on pas l'importance du service rendu ? Cette réforme dont on a fait tant de bruit, a-t-elle été aussi complète, aussi radicale qu'elle pouvait, qu'elle devait être ? N'a-t-elle pas eu le tort de s'appliquer uniquement à la forme en négligeant le fond, et de cultiver le style aux dépens de l'idée ?

Que M. Hugo, qui a beaucoup marché depuis quelques années et dont l'horizon intellectuel s'est énormément agrandi, se soit aperçu qu'une réforme littéraire à laquelle le progrès de la pensée ne serait pas intéressé manquerait absolument de portée, et qu'il cherche, après coup, à donner un but social au mouvement romantique, nous le comprenons ; mais ce que nous ne comprendrions pas, c'est qu'il essayât de persuader au monde que l'école dont il était le chef a eu, dès le principe, des idées démocratiques d'émancipation et de moralisation. Pour le croire il faudrait avoir oublié les tendances anti-libérales de cette école, ses alliances catholiques et monarchiques, ses tendresses pour le moyen âge, sa haine pour Voltaire et le dix-huitième siècle. Il faudrait surtout avoir oublié ses premières œuvres, presque toutes inspirées par un esprit qui n'était certes pas celui de la révolution de quatre-vingt-neuf.

Non, non, le romantisme n'a pas été une révolution. Cultivant l'art pour l'art, croyant uniquement au style et aux procédés, ne comprenant pas le rapport intime qui existe entre le développement de la pensée et le développement de la forme, les romantiques n'ont fécondé ni l'idée ni le sentiment. Ils étaient trop exclusivement *littérateurs* pour se montrer révolutionnaires. Aussi n'ont-ils rien détruit qui valût la peine d'être détruit, et n'ont-ils rien fondé de durable. La réforme littéraire qui leur a donné, disent-ils, tant de peine, et qu'ils ont laissée inachevée, se serait faite tout naturellement si elle avait été entreprise par des hommes de pensée au lieu de l'être par des hommes de style. Ceux-là, sachant que des sentiments nouveaux font naître de nouvelles, idées et que les nouvelles idées veulent des formes nouvelles, n'auraient pas demandé leurs inspirations au passé, mais à l'avenir ; ils auraient suivi le courant du progrès au lieu de le ramener en arrière ; ils se seraient appuyés sur ce qui vient, non sur ce qui s'en va, et ne se seraient pas exposés, comme dit l'Evangile, à perdre *leur vin nouveau en le mettant dans de vieilles cruches.*

C'est pourquoi M. Hugo aurait tort d'exalter la grandeur de l'œuvre et d'exagérer la valeur du service rendu. Il comprend trop bien la révolution pour attacher de l'importance *à une tempête faite au fond d'un encrier* ; il aime trop le progrès pour le chercher rétroac-

tivement à l'ombre d'une vaine réforme ; enfin il est assez grand pour
ne pas avoir besoin de se hisser sur le piédestal du romantisme.

Ces réserves faites, nous n'aurons que des applaudissements à
donner au poëte lorsqu'il chante l'idée affranchie des entraves de la
forme et des préjugés de la routine :

> Le mouvement complète ainsi son action.
> Grâce à toi, progrès saint, la révolution
> Vibre aujourd'hui dans l'air, dans la voix, dans le livre ;
> Dans le mot palpitant le lecteur la sent vivre ;
> Elle crie, elle chante, elle enseigne, elle rit.
> Sa langue est déliée ainsi que son esprit.
> Elle est dans le roman, parlant tout bas aux femmes.
> Elle ouvre maintenant deux yeux où sont deux flammes,
> L'un sur le citoyen, l'autre sur le penseur.
> Elle prend par la main la liberté sa sœur,
> Et la fait dans tout homme entrer par tous les pores.
> Les préjugés, formés, comme les madrépores,
> Du sombre entassement des abus sous les temps,
> Se dissolvent au choc de tous les mots flottants,
> Pleins de sa volonté, de son but, de son âme.
> Elle est la prose, elle est le vers, elle est le drame ;
> Elle est l'expression, elle est le sentiment,
> Lanterne dans la rue, étoile au firmament.
> Elle entre aux profondeurs du langage insondable ;
> Elle souffle dans l'art, porte-voix formidable ;
> Et, c'est Dieu qui le veut, après avoir rempli
> De ses fiertés le peuple, effacé le vieux pli
> Des fronts, et relevé la foule dégradée,
> Et s'être faite droit, elle se fait idée !

Il y a un chapitre de ce premier volume qui est décoré de ce titre :
l'*Ame en fleur*. Là se trouvent une foule de choses pleines de fraî-
cheur et de charme sur les fleurs, le printemps, les amours, les
oiseaux. Citerons-nous la pièce du 1ᵉʳ *Mai :*

> Tout conjugue le verbe aimer. Voici les roses.

Ou bien plutôt celle-ci :

> Oh ! quand donc aurez-vous fini, petits oiseaux,
> De jaser au milieu des branches et des eaux,
> Que nous nous expliquions et que je vous querelle ?

Dispensons-nous de les reproduire l'une et l'autre, sous prétexte qu'il y a dans toutes deux un peu de recherche, un peu d'afféterie, et répétons plutôt ce chant d'amour :

> Les femmes sont sur la terre
> Pour tout idéaliser :
> L'univers est un mystère
> Que commente leur baiser.

Ou mieux encore cet hymne à la nature :

> Je sais bien qu'il est d'usage
> D'aller en tous lieux criant
> Que l'homme est d'autant plus sage
> Qu'il rêve plus au néant.
>
> Moi je préfère, ô fontaines !
> Moi, je préfère, ô ruisseaux !
> Au Dieu des grands capitaines
> Le Dieu des petits oiseaux !
>
> O mon doux ange, en ces ombres
> Où, nous aimant, nous brillons,
> Au Dieu des ouragans sombres
> Qui poussent les bataillons,
>
> Au Dieu des vastes armées,
> Des canons au lourd essieu,
> Des flammes et des fumées,
> Je préfère le bon Dieu !
>
> Le bon Dieu, qui veut qu'on aime,
> Qui met au cœur de l'amant
> Le premier vers du poëme,
> Le dernier au firmament !
>
> Qui songe à l'aile qui pousse,
> Aux œufs blancs, au nid troublé,
> Si la caille a de la mousse
> Et si la grive a du blé ;
>
> Et qui fait pour les Orphées,
> Tenir, immense et subtil,
> Tout le doux monde des fées
> Dans le vert bourgeon d'avril !.....
>
> Il resterait peu de choses
> A l'homme qui vit un jour,
> Si Dieu nous ôtait les roses,
> Si Dieu nous ôtait l'amour !

Celui-là n'est-il pas l'interprète du *Dieu vivant*, qui sait exprimer ce que sentent tous ces êtres sans voix, mais non sans âme, dont la série s'étend de l'homme à la mousse des champs, et du grain de sable au globe roulant dans l'espace? N'est-il pas le coryphée du chœur universel, le poëte de la nature? Ecoutez-le lorsqu'il fait parler la femme aimante et aimée, voix de deux cœurs unis dans l'amour, et voyez si vous n'êtes pas entraîné dans ce bonheur par le mouvement passionné de la phrase :

> Elle me dit, un soir, en souriant :
> — Ami, pourquoi contemplez-vous sans cesse
> Le jour qui fuit ou l'ombre qui s'abaisse,
> Ou l'astre d'or qui monte à l'orient?
> Que font vos yeux là-haut? Je les réclame;
> Quittez le ciel, regardez dans mon âme !
>
> Dans ce ciel vaste, ombre où vous vous plaisez,
> Où vos regards démesurés vont lire,
> Qu'apprendrez-vous qui vaille mon sourire?
> Qu'apprendras-tu qui vaille nos baisers?
> Oh ! de mon cœur lève les chastes voiles.
> Si tu savais comme il est plein d'étoiles !
>
> Que de soleils ! Vois-tu, quand nous aimons,
> Tout est en nous un radieux spectacle.
> Le dévouement rayonnant sur l'obstacle
> Vaut bien Vénus qui brille sur les monts.
> Le vaste azur n'est rien, je te l'atteste ;
> Le ciel que j'ai dans l'âme est plus céleste !
>
> C'est beau de voir un astre s'allumer.
> Le monde est plein de merveilleuses choses.
> Douce est l'aurore, et douces sont les roses.
> Rien n'est si doux que le charme d'aimer !
> La clarté vraie et la meilleure flamme,
> C'est le rayon qui va de l'âme à l'âme.
>
> L'amour vaut mieux au fond des antres frais,
> Que ces soleils qu'on ignore et qu'on nomme.
> Dieu mit, sachant ce qui convient à l'homme,
> Le ciel bien loin et la femme tout près.
> Il dit à ceux qui scrutent l'azur sombre:
> « Vivez, aimez! le reste c'est mon ombre ! »
>
> Aimons ! c'est tout. Et Dieu le veut ainsi.
> Laisse ton ciel que de froids rayons dorent !
> Tu trouveras dans deux yeux qui t'adorent
> Plus de beauté, plus de lumière aussi !
> Aimer, c'est voir, sentir, rêver, comprendre;
> L'esprit plus grand s'ajoute au cœur plus tendre.

> Viens! bien-aimé! n'entends-tu pas toujours
> Dans nos transports une harmonie étrange?
> Autour de nous la nature se change
> En une lyre et chante nos amours!
> Viens! aimons-nous! Errons sur la pelouse.
> Ne songe plus au ciel! j'en suis jalouse.

Quand on a inspiré de tels sentiments, on a mauvaise grâce à venir se plaindre du sort. Il y a dans de pareils souvenirs assez de bonheur pour compenser toutes les infortunes, assez de rayons pour illuminer les jours les plus sombres. Si vous avez cueilli ces fleurs enivrantes de la passion vraie, si vous avez vidé la délicieuse coupe de l'amour partagé, vous avez beau faire, fussiez-vous accablé par toutes les misères de l'exil et de l'abandon, votre jeunesse nous aura inspiré trop d'envie pour que votre vieillesse puisse s'attirer notre compassion. Non, non, vous avez beau dire, avec de tels souvenirs, vous ne pouvez pas être malheureux. Les malheureux sont ceux qui n'ont pas été aimés. Se souvenir du bonheur, c'est encore être heureux. Et je ne vous crois pas lorsque, comparant le présent au passé, vous dites que votre esprit se réfugie dans l'ombre de l'oubli :

> Quand les beaux jours font place aux jours amers,
> De tout bonheur il faut quitter l'idée ;
> Quand l'espérance est tout-à-fait vidée,
> Laissons tomber la coupe au fond des mers.
> L'oubli! l'oubli! c'est l'onde où tout se noie;
> C'est la mer sombre où l'on jette sa joie.

On s'arrache avec peine à ces pages de la jeunesse toutes pleines d'air et de lumière. Mais il faut marcher et poursuivre cette analyse. Dans le troisième chapitre on voit tout d'abord l'horizon s'assombrir.

Le premier titre qui frappe nos yeux est celui-ci : *Melancholia*, et le morceau est digne du titre. C'est une suite de tableaux pris, hélas! sur nature, au milieu de la société contemporaine, tous plus tristes, plus pitoyables les uns que les autres. C'est d'abord une malheureuse qui se lamente dans la rue, un enfant dans les bras. Elle n'a rien; pas d'argent, pas de pain. L'homme, le père de l'enfant, est au cabaret pendant qu'elle travaille; le gain qu'il ne boit pas, il le porte à une autre femme, quelque prostituée de barrière. Et la foule voit cela et passe indifférente. Comment s'émouvoir de ce qu'on voit tous les jours? Autre tableau : Un pauvre a faim; il vole; on l'arrête. On le fait comparaître en cour d'assises. Mais un homme s'est enrichi en vendant à faux poids : la loi le fait juré. Il juge ce pauvre,

> L'envoie au bagne, et part pour sa maison des champs.
> Tous s'en vont en disant : « c'est bien ! » bons et méchants ;
> Et rien ne reste là qu'un Christ pensif et pâle,
> Levant les bras au ciel dans le fond de la salle.

Le palais pourrait nous fournir d'autres scènes, nous montrer bien d'autres vices et bien d'autres douleurs. Voyez par exemple cet homme qui se promène dans la salle des pas-perdus, des grosses de procès sous le bras ; c'est un avocat.

> ..... Cet avocat plaide toutes les causes ;
> Il rit des généreux qui désirent savoir
> Si blanc n'a pas raison avant de dire noir ;
> Calme, en sa conscience il met ce qu'il rencontre,
> Ou le sac d'argent pour, ou le sac d'argent contre :
> Le sac pèse pour lui ce que la cause vaut.

Mais sortons de la ville, allons aux champs ; nous rencontrerons peut-être des tableaux moins tristes. Hélas, notre *mélancolie* nous y suivra. La première chose que nous y voyons, c'est un casseur de pierre. On se rappelle le tableau de Courbet : Deux hommes, l'un jeune, l'autre vieux, le fils et le père. Tous deux enfants de la terre, en ont gardé la couleur. Le fils est encore droit, mais le père, qui a passé une longue vie penché sur son outil, ne peut plus voir le ciel au-dessus de sa tête ; ce n'est plus un homme, ce n'est plus cet être au front sublime regardant les astres face à face ; c'est un angle de quarante-cinq degrés, ouvert sur un horizon de sable et de poussière :

> Tu casses des cailloux, vieillard, sur le chemin ;
> Ton feutre humble et troué s'ouvre à l'air qui le mouille ;
> Sous la pluie et le temps, ton crâne nu se rouille...
> Tu gagnes dans ton jour juste assez de pain noir
> Pour manger le matin et pour jeûner le soir.

Autrefois, jeune encore, tu pris les armes pour défendre le sol sacré de la patrie ;

> Tu fus, devant les rois qui tenaient la campagne,
> Un des grands paysans de la grande Champagne.

C'est bien : Mais prends garde, voici venir au galop une noble calèche. Jette-toi bien vite en arrière, de peur que ses roues ne t'écrasent sur la route même que tu viens de leur aplanir.

> Un homme y dort. Vieillard, chapeau bas ! Ce passant
> Fit sa fortune à l'heure où tu versais ton sang ;
> Il jouait à la baisse, et montait à mesure
> Que notre chute était plus profonde et plus sûre.

Il a vendu, livré la France. Moscou, Leipsick et la Bérésina l'ont enrichi. Waterloo lui valut un million.

> Vieillard, tu n'es qu'un gueux, et ce millionnaire
> C'est l'honnête homme. Allons, debout, et chapeau bas !

Laissons ces deux hommes, ces deux vieillards qui nous représentent l'un et l'autre la vie dans ce qu'elle a de plus négatif et de plus élémentaire : le règne minéral ; l'un semblable à la pierre par l'esprit, l'autre pareil au métal par le cœur. Cherchons plutôt ce qui est jeune. Il doit y avoir des enfants par les chemins. Quels sont ceux-ci :

> Où vont tous ces enfants, dont pas un seul ne rit ?
> Ces doux êtres pensifs que la fièvre maigrit ?
> Ces filles de huit ans qu'on voit cheminer seules ?

Ils s'en vont travailler au milieu des machines, à l'usine, à la manufacture, à la fabrique que vous voyez là-bas. Là il y a des travailleurs de fer qui jamais ne se lassent ; il faut que l'enfant suive l'œuvre qu'ils font et ne se repose pas plus qu'eux. Aussi quelle paleur !

> Il fait à peine jour, ils sont déjà bien las......
> O servitude infâme imposée à l'enfant !
> Rachitisme ! travail dont le souffle étouffant
> Défait ce qu'a fait Dieu ; qui tue, œuvre insensée,
> La beauté sur les fronts, dans les cœurs la pensée,
> Et qui ferait — c'est là son fruit le plus certain —
> D'Apollon un bossu, de Voltaire un crétin !
> Travail mauvais qui prend l'âge tendre en sa serre,
> Qui produit la richesse en créant la misère......
> Que ce travail, haï des mères, soit maudit !
> Maudit comme le vice où l'on s'abâtardit,
> Maudit comme l'opprobre et comme le blasphème !
> O Dieu ! qu'il soit maudit au nom du travail même,
> Au nom du vrai travail, saint, fécond, généreux,
> Qui fait le peuple libre et qui rend l'homme heureux !

Ce tableau des enfants pris par l'atelier, la fabrique, et usés avant l'âge par le travail est bien triste ; mais il en est un plus lugubre encore, c'est celui de la jeune fille jetée par la misère au gouffre de la débauche :

> Cette fille au doux front a cru peut-être un jour
> Avoir droit au bonheur, à la joie, à l'amour.....
> Elle travaille et peut gagner dans son réduit,
> En travaillant le jour, en travaillant la nuit,
> Un peu de pain, un gîte, une jupe de toile.
> Le soir, elle regarde en rêvant quelque étoile,
> Et chante au bord du toit tant que dure l'été.
> Mais l'hiver vient......
> Tout est vendu ! L'enfant travaille et lutte encore,
> Elle est honnête ; mais elle a quand elle veille,
> La misère, démon, qui lui parle à l'oreille.
> Que devenir?......

Ce qu'elle devient, on ne le devine que trop ! Maintenant,

> Malheureuse, elle traîne une robe de soie......

Je demand pardon aux lecteurs de mêler ma prose sèche et froide aux beaux vers de Victor Hugo, mais je ne puis tout reproduire, et puis je ne tiens pas à les dispenser de lire le livre.

Cette série de tableaux que l'auteur a réunis sous le titre de *Melancholia* renferme des beautés littéraires de premier ordre. Nous ne ferons pas à ceux qui ont lu l'ouvrage l'injure de les leur signaler. Quant aux autres, à quoi bon? Avons-nous assez d'autorité pour leur faire accepter notre jugement? Mais il est une justice que nous devons non-seulement au poëte, mais à l'homme, et qu'il nous appartient de lui rendre. Au bas de cette pièce empreinte d'une si tendre sympathie pour les misères sociales, il y a une date. Cette date nous prouve que l'auteur *pensait* et *sentait* dès l'année 1838, comme les meilleurs commencent à sentir et à penser aujourd'hui. Déjà à cette époque son cœur saignait des douleurs de ses frères quelque bas placés qu'ils fussent. Et cependant, vicomte et pair de France, chef d'école et académicien, reçu à la cour et ayant lui-même une cour d'artistes et d'hommes de lettres, trônant au théâtre et dans les salons, il était placé assez haut sur l'échelle sociale pour se dispenser de voir les larmes et d'entendre les sanglots de la foule. Son humanitarisme n'est donc pas de date récente, comme nous l'avions cru. S'il ne s'est pas livré plutôt au courant démocratique, c'est que sans doute, comme disait Boileau du roi Louis XIV,

> Le poids de sa grandeur l'attachait au rivage.

Mais ce n'est pas la bonne volonté qui lui manquait, et il n'en doit pas moins être compté parmi ceux de la veille et de l'avant-veille.

Ce n'est pas tout cependant. Dès cette époque le sentiment chez l'auteur des *Contemplations* allait au-delà du prochain et dépassait les limites de l'*humanitarisme*. Il suffit pour s'en convaincre de lire cette page de *Melancholia* où le poëte nous montre un malheureux cheval attelé à une lourde charrette et succombant sous le fardeau qu'il traîne et sous les coups qui l'écrasent. Dans ce morceau, où respire le sentiment religieux par excellence, celui qui relie l'être humain à tout ce qui est vivant, le *moi* disparaît complétement ; on comprend que celui qui a su traduire cette douleur d'un être sans voix et sans parole ne vit pas seulement en lui et se sent vivre aussi dans les autres êtres, qu'ils soient on non faits à son image.

Mais il nous est impossible de donner une idée du tableau par une froide analyse ; il faut le reproduire tout entier :

> Le pesant chariot porte une énorme pierre ;
> Le limonier, suant du mors à la croupière,
> Tire, et le roulier fouette, et le pavé glissant
> Monte, et le cheval triste a le poitrail en sang.
> Il tire, traîne, geint, tire encore et s'arrête ;
> Le fouet noir tourbillonne au-dessus de sa tête.
> C'est lundi, l'homme hier buvait aux Porcherons
> Un vin plein de fureur, de cris et de jurons ;
> Oh ! quelle est donc la loi formidable qui livre
> L'être à l'être, et la bête effarée à l'homme ivre !
> L'animal éperdu ne peut plus faire un pas ;
> Il sent l'ombre sur lui peser ; il ne sait pas,
> Sous le bloc qui l'écrase et le fouet qui l'assomme,
> Ce que lui veut la pierre et ce que lui veut l'homme.
> Et le roulier n'est plus qu'un orage de coups
> Tombant sur ce forçat qui traîne les licous,
> Qui souffre et ne connaît ni repos ni dimanche.
> Et si la corde casse, il frappe avec le manche.
> Et si le fouet se casse, il frappe avec le pié ;
> Et le cheval tremblant, hagard, estropié,
> Baisse son cou lugubre et sa tête égarée ;
> On entend, sous les coups de la botte ferrée,
> Sonner le ventre nu du pauvre être muet !
> Il râle ; tout à l'heure encore il remuait ;
> Mais il ne bouge plus, et sa force est finie ;
> Et les coups furieux pleuvent ; son agonie
> Tente un dernier effort ; son pied fait un écart,
> Il tombe, et le voilà brisé sous le brancard ;
> Et, dans l'ombre, pendant que son bourreau redouble,
> Il regarde quelqu'un de sa prunelle trouble,

Et l'on voit lentement s'éteindre humble et terni,
Son œil plein des stupeurs sombres de l'infini,
Où luit vaguement l'âme effrayante des choses.
Hélas !.....

On trouvera peut-être que je me suis étendu bien longuement sur cette pièce de *Melancholia*, qui ne forme au bout du compte que trois ou quatre pages du premier volume. Mais cette pièce contient trois ou quatre tableaux dont chacun vaut seul un long poëme. Ces tableaux nous attachent parce qu'ils sont la reproduction de faits réels, et parce qu'ils respirent un profond sentiment de douce sympathie. L'auteur n'a pas eu besoin d'y déployer les grandes ressources littéraires dont il dispose. Jamais peut-être il ne fut aussi simple, et jamais il ne fut plus touchant. Pourquoi cela? C'est que le sublime de l'art est justement la suppression du procédé. La perfection de la forme consiste précisément à laisser paraître la nature dans toute sa vérité, non pas la nature comme beaucoup la comprennent, sèche et morte ; mais la nature illuminée par l'esprit, échauffée par le cœur ; la nature pensée et sentie, la nature vivante. En voyant tant de vérité dans une sobriété si grande d'expressions et d'images, tant d'effet dans la concision, tant d'émotion dans la simplicité, combien ne regrette-t-on pas que l'auteur des Contemplations se soit si souvent laissé entraîner au facile plaisir de délayer des ombres d'idées dans de vaines paraphrases, et se soit fait en quelque sorte une spécialité du style tourmenté, de l'antithèse et du néologisme!

Dans une pièce intitulée *Saturne*, le poëte nous apprend qu'il songe souvent à ce que font les morts. Or il a trouvé que les morts étaient occupés, pendant l'éternité, à parcourir les espaces célestes, et à visiter les mondes innombrables qui s'y trouvent répandus. Ce doit être là une charmante distraction pour l'âme rêveuse des poëtes. Celle de M. Hugo y trouverait de nouveaux sujets de contemplations et de nouveaux volumes de vers qui lui vaudraient de nouveaux succès et de nouvelles couronnes. Ainsi, chacun se crée un paradis selon ses goûts. Les Orientaux se font un ciel peuplé de houris et orné de roses toujours fraîches, les fils d'Odin en avaient un où l'on s'enivrait de bière et d'hydromel. Dans l'Europe occidentale, on aime la musique, et l'on compte bien en entendre là-haut ; mais comme on ne veut pas s'y fatiguer, ce sont les anges qui formeront l'orchestre et les chœurs. Le paradis de M. Hugo, en tant qu'hypothèse, vaut bien les autres paradis, et si c'est là sa foi, Dieu nous préserve d'y porter atteinte. Mais pourquoi condamner les méchants à l'exil et à la prison? Quoi ! toujours la vieille loi juive du talion : œil pour œil, dent pour dent! Et pourtant, nous avons traversé la phase

chrétienne, nous avons reçu la loi d'amour ; on nous a prêché pendant deux mille ans le pardon des offenses ; nous avons fait entrer
le principe de fraternité dans nos plans de reconstruction sociale,
et nous ne comprenons plus l'ordre sans la solidarité. O contradiction!
nous ne voulons pas d'enfer sur la terre et il nous en faut un après
la mort. Plus de Bastille, plus de cachot, plus d'échafaud, plus de
torture, allons-nous criant partout et sur tous les tons! Et pour ceux
que nous avons condamnés, nous construisons aussitôt des cachots
imaginaires, nous rêvons des douleurs infinies, nous inventons des
tortures atroces. Cet homme est criminel, je ne vengerai pas un crime
par un crime, mais après sa mort, Dieu — un Dieu tout à ma dévo-
tion et fait à mon image — le condamnera à l'emprisonnement
cellulaire. Cet autre a versé le sang humain pour assouvir ses passions; je ne verserai pas son sang comme on faisait jadis; je ne le
ferai pas monter sur un échafaud pour faire de son crime et de ma
vengeance un exemple et une leçon ; mais comme il faut que la justice divine soit satisfaite, son âme, au lieu de s'élancer libre, comme
la mienne, comme celle des hommes vertueux, et de s'élever de monde
en monde jusqu'au trône du Très-Haut, sera exilée dans une sphère
sombre et froide, pilori de l'Univers, où elle devra expier pendant
des siècles ses plaisirs d'une heure et ses fautes d'un instant.

Philanthropie mensongère qui n'est pas dans le cœur! Vengeance
usuraire qui ne se diffère que pour mieux s'assouvir! Croyance impie, qui fait de Dieu l'instrument de nos colères! science fausse, qui
ne comprend ni l'unité de la loi, ni la variété des manifestations, ni
l'ordre, ni la liberté! Religion mauvaise qui ne sent ni la solidarité
des êtres, ni l'universelle harmonie !

> Saturne ! sphère énorme ! astre aux aspects funèbres !
> Bagne du ciel ! prison dont le soupirail luit !
> Monde en proie à la brume, aux souffles, aux ténèbres!
>   Enfer ! fait d'hiver et de nuit !
>
> Son atmosphère flotte en zones tortueuses.
> Deux anneaux flamboyants, tournant avec fureur,
> Font dans son ciel d'airain, deux arches monstrueuses
> D'où tombe une éternelle et profonde terreur.

Et pourquoi donc cette flétrissure imposée à Saturne d'être l'enfer
du ciel? Est-ce parce qu'il possède un anneau et des lunes en plus
grand nombre que les autres planètes? Mais ce sont là des richesses,
des avantages que nous devrions peut être lui envier? Dans tous
les cas, il faut être bien ...... poëte pour voir un carcan dans cette

bande immense qui entoure cet astre et qu'on appelle son anneau. V. Hugo, du reste, s'est fait une astronomie transcendentale d'une grande hardiesse. Elle est assez nettement systématisée dans un morceau qui s'appelle de ce titre attrayant : *Explication*, et qui commence ainsi :

> La terre est au soleil ce que l'homme est à l'ange :
> L'un est fait de splendeur, l'autre est pétri de fange.
> Toute étoile est soleil, tout astre est paradis.
> Autour des globes purs sont les mondes maudits ;
> Et dans l'ombre, où l'esprit voit mieux que la lunette,
> Le soleil paradis traîne l'enfer planète....
> Tout globe obscur gémit ; toute terre est un bagne
> Où la vie en pleurant, jusqu'au jour du réveil,
> Vient écrouer l'esprit qui tombe du soleil.
> Plus le globe est lointain, plus le bagne est terrible....
> O globes sans rayons et presque sans aurores !
> Enorme Jupiter fouetté de météores,
> Mars qui semble de loin la bouche d'un volcan ;
> O nocturne Uranus ! ô Saturne au carcan !
> Châtiments inconnus ! rédemptions ! mystères !
> Deuils ! ô lunes encor plus mortes que les terres !
> Ils souffrent ; ils sont noirs ; et qui sait ce qu'ils font ?...

Ce sont là sans doute de beaux vers, mais cette physique céleste aboutit à des conclusions inacceptables. Qui vous a dit qu'il y avait des globes obscurs ? L'apparence plombée de Saturne ne prouve rien, pas plus que l'aspect brillant de Jupiter. Savez-vous le changement que peut apporter dans les vibrations lumineuses la différence du volume et celle du mouvement de rotation ? En considérant le volume de Saturne (qui est 995 fois celui de la terre) et la rapidité avec laquelle cette planète tourne sur elle-même (10 heures 29 m. 17 s.), ne serait-on pas plutôt fondé à lui attribuer, malgré son grand éloignement du soleil, une intensité de lumière et de chaleur plus grande que celle dont nous jouissons sur notre globe ? Mais, dans l'état actuel de la science, nous croyons que le plus sage est de s'abstenir.

La poésie, dit-on, a des licences. Soit, mais sur son domaine. Que si, au contraire, elle met le pied sur celui de la science, qu'elle la respecte assez pour ne pas lui attribuer ses fictions. La poésie, du reste, aura tout à gagner à ne pas sortir du réel et du possible. M. Hugo nous en fournit la preuve à chaque page. Il ne se montre

jamais plus grand que lorsqu'il s'appuie sur le fait positif et vivant.
Ecoutez-le, par exemple, lorsqu'il peint les douleurs du *maître d'é-
tudes*, ce paria du collége, ou lorsqu'il vous raconte, dans le *Reve-
nant*, cette histoire touchante d'une mère devenue folle après la perte
de son enfant, et recouvrant la raison à la suite d'un second accou-
chement, lorsque le nouveau-né, parlant dans l'ombre entre ses bras,
lui murmure à l'oreille : *C'est moi, ne le dis pas.* Je défie qu'une
mère puisse lire ce morceau d'un bout à l'autre sans pleurer.
Mais ce qui me touche, moi, bien davantage, parce que la société
m'intéresse plus qu'une famille quelconque, c'est ce tableau désolant
d'une *chose vue un jour de printemps.* — Pourquoi ce jour-là plutôt
qu'un autre? est-ce que cela ne se voit pas tous les jours? Ah ! c'est
que ce jour-là le poëte n'était pas seul ; il y avait un autre témoin : le
soleil regardait de son plus clair regard ; un de ses rayons pénétrait
même dans la mansarde :

> Les quatre enfants pleuraient et la mère était morte.
> Tout dans ce lieu lugubre effrayait le regard.
> Sur le grabat gisait le cadavre hagard :
> C'était déjà la tombe et déjà le fantôme.
> Pas de feu ; le plafond laissait passer le chaume.
> Les quatre enfants songeaient comme quatre vieillards....
> . . . . Sous le ciel qui rayonne
> Une femme est candide, intelligente, bonne ;
> Dieu, qui la suit d'en haut d'un regard attendri,
> La fit pour être heureuse. Humble, elle a pour mari
> Un ouvrier ; tous deux, sans aigreur, sans envie,
> Tirent d'un pas égal le licou de la vie.
> Le choléra lui prend son mari ; la voilà
> Veuve avec la misère et quatre enfants qu'elle a.
> Alors elle se met à l'œuvre comme un homme.
> Elle est active, propre, attentive, économe ;
> Pas de draps à son lit, pas d'âtre à son foyer ;
> Elle ne se plaint pas, sert qui veut l'employer,
> Ravaude de vieux bas, fait des nattes de paille,
> Tricote, file, coud, passe les nuits, travaille
> Pour nourrir ses enfants ; elle est honnête enfin.
> Un jour on va chez elle, elle est morte de faim.
> Oui, les buissons étaient remplis de rouges-gorges,
> Les lourds marteaux sonnaient dans la lueur des forges,
> Les masques abondaient dans les bals, et partout
> Les baisers soulevaient la dentelle du loup ;
> Tout vivait ; les marchands comptaient de grosses sommes ;
> On entendait rouler les chars, rire les hommes ;

Les wagons ébranlaient les plaines, le steamer
Secouait son panache au-dessus de la mer ;
Et dans cette rumeur de joie et de lumière,
Cette femme étant seule au fond de sa chaumière,
La faim, goule effarée aux hurlements plaintifs,
Maigre et féroce, était entrée à pas furtifs,
Sans bruit, et l'avait prise à la gorge, et tuée.
La faim, c'est le regard de la prostituée,
C'est le bâton ferré du bandit, c'est la main
Du pâle enfant volant un pain sur le chemin ;
C'est la fièvre du pauvre oublié, c'est le râle
Du grabat naufragé dans l'ombre sépulcrale.
O Dieu ! la sève abonde, et dans ses flancs troublés,
La terre est pleine d'herbe, et de fruits et de blés ;
Dès que l'arbre a fini, le sillon recommence ;
Et pendant que tout vit, ô Dieu ! dans ta clémence,
Que la mouche connaît la feuille du sureau ;
Pendant que l'étang donne à boire au passereau,
Pendant que le tombeau nourrit les vautours chauves,
Pendant que la nature, en ses profondeurs fauves,
Fait manger le chacal, l'ours et le basilic,
L'homme expire ! — Oh ! la faim, c'est le crime public ;
C'est l'immense assassin qui sort de nos ténèbres.
Dieu ! pourquoi l'orphelin, dans ses langes funèbres,
Dit-il : « J'ai faim ! » L'enfant, n'est-ce pas un oiseau ?
Pourquoi le nid a-t-il ce qui manque au berceau ?

Pourquoi ? parce qu'il existe dans la nature un ordre qui se résume par ce mot : *providence* ; tandis que l'humanité ne s'est pas encore élevée jusqu'à l'harmonie, et que la *providence sociale* n'existe pas.

On connaît les nombreux plaidoyers de Victor Hugo contre la peine de mort. Cette fois il essaie de mettre la nature dans son parti en faisant soutenir par un arbre la thèse philanthropique de l'abolition de l'échafaud. Et ici, comme toujours lorsqu'il est soutenu par une idée nette et positive, le poëte trouve la véritable éloquence, celle qui persuade en touchant les cœurs :

Veux-tu, bon arbre,

Être dans mon foyer la bûche de Noël ?
— Bois, je viens de la terre, et, feu, je monte au Ciel.
Frappe, bon bûcheron.

L'homme demande ainsi à l'arbre s'il veut être timon de charrue
et tirer l'épi d'or de la terre profonde, servir de poutre à la maison
ou de mât au vaisseau ; et l'arbre est toujours prêt pour des services
de ce genre. Mais lorsqu'on lui demande s'il veut fournir des planches
à l'échafaud, des poteaux au gibet, oh! alors, il faut entendre ses
cris d'indignation, il faut voir comme la nature en lui se révolte :

> Être gibet ! silence, homme ! va-t'en, cognée !
> J'appartiens à la vie, à la vie indignée !
> Va t'en, bourreau !   .   .   .   .
> Arrière ! hommes, tuez, ouvriers du trépas,
> Soyez sanglants, mauvais, durs : mais ne venez pas,
> Ne venez pas, traînant des cordes et des chaînes,
> Vous chercher un complice au milieu des grands chênes !
> Ne faites pas servir à vos crimes, vivants,
> L'arbre mystérieux à qui parlent les vents !
> Vos lois portent la nuit sur leurs ailes funèbres.....
> Allez-vous-en ! Laissez l'arbre dans ses déserts.
> A vos plaisirs, aux jeux, aux festins, aux concerts,
> Accouplez l'échafaud et le supplice ; faites.
> Soit, vivez et tuez. Tuez, entre deux fêtes,
> Le malheureux chargé de fautes et de maux ;
> Moi, je ne mêle pas de spectre à mes rameaux !

Tout à l'heure nous avons appelé mauvaise cette religion des astres qui consacrait l'inégalité des sphères célestes et conservait le
châtiment en l'ajournant au-delà du tombeau. Mais il paraît que ces
hypothèses sur des *mondes-prison*, sur des *enfers-planètes*, n'étaient
de la part du poëte que des jeux d'imagination. Dans une foule de
passages, nous trouvons des sentiments d'une toute autre nature.
Ces sentiments, nous l'espérons, conduiront un jour l'auteur des *Contemplations* à une conception religieuse plus pure, plus humaine que
celle qu'il a esquissée ; à une conception dans laquelle on ne retrou-
vera plus ces vieux ressouvenirs des antiques théurgies qui traînent
après elles tout un attirail de châtiments et de supplices, de juges et
de bourreaux, fantômes de la vie terrestre ajoutés par les prêtres aux
épouvantements de la mort. Ces sentiments, précurseurs d'une religion nouvelle infiniment supérieure à celle du passé, nous les voyons
admirablement indiqués dans cette strophe du *Magnitudo parvi* (longue
paraphrase placée à la fin du volume et faite sans doute uniquement
pour le grossir) :

> Le soir, quand il voit l'homme aller vers les villages,
> Glaneuses, bûcherons qui traînent des feuillages,

Et les pauvres chevaux
Que le laboureur bat et fouette avec colère,
Sans songer que le vent va le rendre à son frère,
Le marin sur les flots......

Et nous les retrouvons encore dans ces vers charmants par lesquels nous terminerons l'analyse du 1er volume :

J'aime l'araignée et j'aime l'ortie,
Parce qu'on les hait,
Et que rien n'exauce et que tout châtie
Leur morne souhait ;
Parce qu'elles sont maudites, chétives,
Noirs êtres rampants ;
Parce qu'elles sont les tristes captives
De leur guet-apens ;
Parce qu'elles sont prises dans leur œuvre ;
O sort ! fatals nœuds !
Parce que l'ortie est une couleuvre,
L'araignée un gueux ;
Parce qu'elles ont l'ombre des abîmes,
Parce qu'on les fuit ;
Parce qu'elles sont toutes deux victimes
De la sombre nuit.
Passants, faites grâce à la plante obscure,
Au pauvre animal.
Plaignez la laideur, plaignez la piqûre ;
Oh ! plaignez le mal !
Il n'est rien qui n'ait sa mélancolie ;
Tout veut un baiser.
Dans leur fauve horreur, pour peu qu'on oublie
De les écraser,
Pour peu qu'on leur jette un œil moins superbe,
Tout bas, loin du jour,
La vilaine bête et la mauvaise herbe
Murmurent : amour !

Remarquons en passant que cette pièce, où l'amour s'élève si haut qu'il absorbe la laideur et fait disparaître le mal, est datée de l'année 1842, et que celle à laquelle appartient la strophe où la solidarité universelle se révèle si puissante dans cette magnifique hyperbole du vent rendant à l'homme sur la mer les coups de fouet donnés par l'homme à son cheval sur la terre, remonte à l'année 1839. Ce qui prouve que le vrai sentiment religieux, celui qui unit tous les êtres dans une pensée commune, comme la nature les unit sous une même loi, a depuis longtemps déjà pris naissance au cœur du poëte. Et dès lors tombe l'accusation d'égoïsme (que nous n'avons jamais prononcée, mais que d'autres ont fait entendre). L'habitude du *moi* n'est plus qu'une méthode littéraire plus ou moins répréhensible, comme celle du substantif servant d'épithète à un autre substantif (la bouche-tombeau, les soleils-paradis). On peut trouver que c'est une manie, un travers d'esprit; ce ne saurait être un vice du cœur.

La première moitié du second volume a été presque entièrement consacrée par l'auteur à exprimer la douleur de sa fille morte.

> La douleur de ta fille au tombeau descendue
> Par un commun trépas,
> Est-ce quelque dédale où ta raison perdue
> Ne se retrouve pas?

Ainsi parlait Malherbe s'adressant à son ami Duperrier, et ces vers, connus de tout le monde, je les écris ici parce qu'ils s'appliquent à l'auteur des *Contemplations*, dont ils gourmandent doucement la sombre et persistante mélancolie.

Si l'on n'était sous le charme des beaux vers et des grandes inspirations que V. Hugo a puisés dans son immense affliction, on pourrait trouver que cette affliction, démonstrative et bavarde à l'excès, n'est pas dans nos mœurs. La douleur qui se répand au-dehors rappelle un peu celle de ces mères arabes qui sortent de leur demeure pour pleurer sur le pas de leur porte et s'arracher les cheveux devant la tribu assemblée. Nos douleurs civilisées, sans être moins profondes, se montrent plus discrètes et plus réservées. Cependant nous ne blâmons pas. Comment pourrions-nous le faire? le poëte nous a fait pleurer sur le père : la critique est désarmée. Du reste, quoi de plus touchant que la mort de cette jeune femme et de son jeune époux?

Qui l'a oubliée, quoique depuis lors bien d'autres événements et bien d'autres souvenirs se soient succédé, s'effaçant les uns par les autres? Ils se promenaient sur l'eau, s'aimant tous deux, heureux de vivre. La barque chavire; ils tombent. Un instant après, l'homme sort du gouffre, mais seul; sa femme y est restée. Alors il s'y plonge de nouveau et va la rejoindre dans la mort.

Les cris, les larmes, les sanglots échappent à l'analyse. Il nous est impossible de faire connaître au public cette partie de l'œuvre, qui est comme un monument élevé par le poëte à la douleur du père.

Parmi toutes ces élégies qui gémissent et qui pleurent, nous avons remarqué la pièce intitulée *Villequier*, qui rappelle le poëme de Job, mais qui nous paraît infiniment plus touchante. Comme Job, le poëte, écrasé par son désespoir, met son humilité au pied de la majesté divine. Mais il a, mieux que l'auteur hébreu, le sentiment de l'ordre universel. Bien qu'il conserve beaucoup trop l'idée du Dieu anthropomorphe, il ne croit pas au Dieu fort et jaloux; il ne suppose pas Jéhovah s'occupant de nos petites misères individuelles. Sa prière s'adresse à un Dieu qui n'est, au bout du compte, que la personnification de l'harmonie des choses. Aussi, s'il voulait lui reconnaître tous les attributs de l'Etre, s'il voulait ne pas en faire un pur esprit, distinct de la forme ou de ce qu'on appelle la matière, nous reconnaîtrions volontiers dans l'idée qu'il se fait de Dieu, celle que nous nous faisons de l'Etre un et multiple de l'univers vivant, de la nature harmonique dont la multiplicité se révèle à nos sens, et dont l'unité se fait comprendre à notre intelligence :

> Je sais que vous avez bien autre chose à faire
> Que de nous plaindre tous,
> Et qu'un enfant qui meurt, désespoir de sa mère,
> Ne vous fait rien à vous! ...
> Dans vos cieux, au-delà de la sphère des nues,
> Au fond de cet azur immobile et dormant,
> Peut-être faites-vous des choses inconnues
> Où la douleur de l'homme entre comme élément.
> Nos destins ténébreux vont sous des lois immenses
> Que rien ne déconcerte et que rien n'attendrit.
> Vous ne pouvez avoir de subites clémences
> Qui dérangent le monde, ô Dieu, tranquille esprit!

V. Hugo est l'homme de l'imprévu. Au milieu de ce livre cinquième, triste comme un monument funéraire, on rencontre une pièce de vers, véritable satyre, pleine de verve et de mordant, contre les vieux bons hommes et les vieilles idées. Je veux parler de la lettre au marquis, une des choses les plus amusantes qu'on puisse lire :

> Vous haïssiez Rousseau, mais vous aimiez Voltaire.
> Pigault-Lebrun allait à votre goût austère,
> Mais Diderot était digne du pilori.
> Vous détestiez, c'est vrai, Madame Dubarry,

Tout en divinisant Gabrielle d'Estrée.
Pas plus que Sévigné, la marquise léttrée,
Ne s'étonnait de voir, douce femme rêvant,
Blêmir au clair de lune et trembler dans le vent,
Aux arbres du chemin, parmi les feuilles jaunes,
Les paysans pendus par ce bon duc de Chaulnes,
Vous ne preniez souci des manants qu'on abat
Par la force, et du pauvre écrasé sous le bât.
Avant quatre-ving-neuf, galant incendiaire,
Vous portiez votre épée en quart de civadière ;
La poudre blanchissait votre dos de velours ;
Vous marchiez sur le peuple à pas légers et lourds.

Quel homme de plus de quarante ans n'a rencontré ce type et n'en reconnaît le portrait? Ce type du *ci-devant* incorrigible a passé sa vie à maudire la révolution. En 1820, il pleurait encore Montespan et Marly! Maintenon et St.-Cyr! Plus tard il rencontre celui qu'enfant il fit danser sur ses genoux, et s'aperçoit que le fils de la vendéenne est devenu libéral, peut-être jacobin! Et il lui demande :

« Où vas-tu? d'où viens-tu? qui te rend si hardi?
» Depuis qu'on ne t'a vu, qu'as-tu fait? »
                                        — J'ai grandi.
Quoi! parce que je suis né dans un groupe d'hommes
Qui ne voyaient qu'enfer, Gomorrhes et Sodomes,
Hors des anciennes mœurs et des antiques fois ;
Quoi! parce que ma mère, en Vendée autrefois,
Sauva dans un seul jour la vie à douze prêtres ;
Parce qu'enfant sorti de l'ombre des ancêtres,
Je n'ai su tout d'abord que ce qu'ils m'ont appris ;
Qu'oiseau dans le passé comme en un filet pris,
Avant de m'échapper à travers le bocage,
J'ai dû laisser pousser mes plumes dans ma cage. ...
Parce que j'ai vagi des chants de royauté,
Suis-je à toujours rivé dans l'imbécillité?
Dois-je crier : — Arrière! à mon siècle ; — à l'idée :
Non! — à la vérité : va-t'en, dévergondée!
L'arbre doit-il pour moi n'être qu'un goupillon?
Au sein de la nature, immense tourbillon,
Dois-je vivre, portant l'ignorance en écharpe,
Cloîtré dans Loriquet et muré dans La Harpe?
Dois-je exister sans être et regarder sans voir?
Et faut-il qu'à jamais pour moi, quand vient le soir,
Au lieu de s'étoiler, le ciel se fleurdelise?

Mais qui donc a produit cette transformation ? La nature. L'éducation que vos pareils, marquis, m'avaient donnée, était fausse. J'ai lu la grande bible de l'univers, j'ai compris le progrès, j'ai connu la vie, j'ai pensé :

> La nature est un drame avec des personnages :
> J'y vivais ; j'écoutais comme des témoignages
> L'oiseau, le lis, l'eau vive et la nuit qui tombait
> Puis, je me suis penché sur l'homme, autre alphabet.....
> On avait eu bien soin de me cacher l'histoire ;
> J'ai lu, j'ai comparé l'aube avec la nuit noire
> Et les quatre-vingt-treize aux Saint-Barthelemy :
> Car ce quatre-vingt-treize où vous avez frémi,
> Qui dut être, et que rien ne peut plus faire éclore,
> C'est la lueur de sang qui se mêle à l'aurore.
> Les révolutions, qui viennent tout venger,
> Font un bien éternel dans leur mal passager.
> Les révolutions ne sont que la formule
> De l'horreur qui pendant vingt siècles s'accumule.
> Quand la souffrance a pris de lugubres ampleurs ;
> Quand les maîtres longtemps ont fait, sur l'homme en pleurs,
> Tourner le Bas-Empire avec le Moyen-Age .....
> Quand le pied des méchants règne, et courbe la tête
> Du pauvre partageant dans l'auge avec la bête.....
> Quand le sang de Jésus tombe en vain, goutte à goutte,
> Depuis dix-huit cents ans, dans l'herbe qui l'écoute....
> Alors, subitement, un jour, debout, debout !
> Les réclamations de l'ombre misérable,
> La géante douleur, spectre incommensurable,
> Sortent du gouffre ; un cri s'entend sur les hauteurs ;
> Les mondes sociaux heurtent leurs équateurs ;
> Tout le bagne effrayant des parias se lève ;
> Et l'on entend sonner les fouets, les fers, le glaive,
> Le meurtre, le sanglot, la faim, le hurlement,
> Tout le bruit du passé dans ce déchaînement !....
> Tout est dit. C'est ainsi que les vieux mondes croulent.
> Oh ! l'heure vient toujours ! Des flots sourds au loin roulent.
> A travers les rumeurs, les cadavres, les deuils,
> L'écume et les sommets qui deviennent écueils,
> Les siècles devant eux poussent désespérées,
> Les révolutions, monstrueuses marées,
> Océans faits des pleurs de tout le genre humain.

Je m'arrête. Il faudrait trop citer. Il faudrait tout citer. Quelques vers encore et je finis :

.... En allant librement devant moi,
En marchant, je le sais, j'afflige votre foi,
Votre religion, votre cause éternelle,
Vos dogmes, vos aïeux, vos Dieux, votre flanelle,
Et dans vos bons vieux os, faits d'immobilité,
Le rhumatisme antique appelé royauté !
Je n'y puis rien. Malgré menins et majordomes,
Je ne crois plus aux rois, propriétaires d'hommes ;
N'y croyant plus, je fais mon devoir, je le dis.

Nous voici arrivés au *bord de l'infini*, c'est-à-dire au dernier livre du second volume. Le bord de l'infini, qu'est-ce que cela ? J'entends quelque lecteur de *la Revue* répondre — les lecteurs de la Revue sont généralement peu mystiques : — Que le bord de l'infini doit être le commencement de l'absurde. C'est l'avis de bien des gens qui ont lu *les Contemplations ;* ce n'est pas le mien. Il y a certes dans ce livre des choses que la froide raison ne saurait admettre ; mais que de choses originales, singulières, bizarres, inouïes, et aussi que de lyrisme parfois et que de poésie ! Faut-il exiger qu'un poëte soit toujours exact et raisonnable comme un philosophe, comme un mathématicien ? Ne peut-il donc plus être l'instrument divin, le *vates* inspiré qui répète les chants qu'il entend chanter dans son âme ? Depuis longtemps les oracles sont muets, au moins dans les temples ; mais la poésie n'est pas morte ; laissez aux poëtes l'inspiration et le délire. En sentant la poésie qui bout dans son cerveau, gonfler son cou et sa poitrine, il criera, comme la pythonisse : le Dieu ! voici le Dieu ! et ses paroles seront des révélations et ses chants seront des oracles.

Comme inspiration, comme grandeur lyrique, je ne connais rien de supérieur à cette pièce que j'ai là sous les yeux et que je vais reproduire tout entière. Impossible de tronquer un pareil morceau. Cela s'appelle *Ibo* (J'irai).

Dites, pourquoi dans l'insondable
Au mur d'airain,
Dans l'obscurité formidable
Du ciel serein ;

Pourquoi, dans ce grand sanctuaire
    Sourd et béni,
Pourquoi dans l'immense suaire
    De l'infini

Enfouir vos lois éternelles
    Et vos clartés?
Vous savez bien que j'ai des ailes,
    O vérités !

Pourquoi vous cachez-vous dans l'ombre,
    Qui nous confond ?
Pourquoi fuyez-vous l'homme sombre
    Au vol profond ?

Que le mal détruise où bâtisse,
    Rampe ou soit roi,
Tu sais bien que j'irai, justice,
    J'irai vers toi !

Beauté sainte, idéal, qui germes
    Chez les souffrants,
Toi par qui les esprits sont fermes
    Et les cœurs grands !

Vous le savez, vous que j'adore,
    Amour, raison,
Qui vous levez comme l'aurore,
    Sur l'horizon,

Vous savez bien que l'âme affronte
    Ce noir degré,
Et que si haut qu'il faut qu'on monte,
    J'y monterai!

Vous savez bien que l'âme est forte
    Et ne craint rien,
Quand le souffle de Dieu l'emporte!
    Vous savez bien

Que j'irai jusqu'aux bleus pilastres,
    Et que mon pas
Sur l'échelle qui monte aux astres
    Ne tremble pas !

L'homme, en cette époque agitée,
    Sombre océan,
Doit faire comme Prométhée
    Et comme Adam :

Il doit ravir au ciel austère
    L'éternel feu,
Conquérir son propre mystère
    Et voler Dieu.

L'homme a besoin, dans sa chaumière,
    Des vents battu,
D'une loi qui soit sa lumière,
    Et sa vertu.

Toujours ignorance et misère !
    L'homme en vain fuit,
Le sort le tient : toujours la terre !
    Toujours la nuit !

Il faut que le peuple s'arrache
    Au noir décret,
Et qu'enfin ce grand martyr sache
    Le grand secret !

Déjà l'amour, dans l'ère obscure
    Qui va finir,
Dessine la vague figure
    De l'avenir.

Les lois de nos destins sur terre,
    Dieu les écrit ;
Et si ces lois sont le mystère,
    Je suis l'esprit.

Je suis celui que rien n'arrête,
    Celui qui va,
Celui dont l'âme est toujours prête
    A Jéhovah !

Je suis le poëte farouche,
    L'homme-devoir,
Le souffle des douleurs, la bouche
    Du clairon noir ;

Le rêveur qui sur ses registres
    Met les vivants,
Qui mêle les strophes sinistres
    Aux quatre vents ;

Le songeur ailé, l'âpre athlète
    Au bras nerveux,
Et je traînerais la comète
    Par les cheveux.

Foi ceinte d'un cercle d'étoiles,
    Droit, bien de tous,

J'irai, liberté qui te voiles,
J'irai vers vous !

Vous avez beau, sans fin, sans borne,
Lueurs de Dieu,
Habiter la profondeur morne
Du gouffre bleu :

Ame à l'abîme habituée
Dès le berceau,
Je n'ai pas peur de la nuée ;
Je suis oiseau.

Je suis oiseau comme cet être
Qu'Amos rêvait,
Que saint Marc voyait apparaître
A son chevet.

Qui mêlait sur sa tête fière,
Dans les rayons,
L'aile de l'aigle à la crinière
Des grands lions.

J'ai des ailes, j'aspire au faîte,
Mon vol est sûr ;
J'ai des ailes pour la tempête
Et pour l'azur.

Je gravis les marches sans nombre ;
Je veux savoir,
Quand la science serait sombre
Comme le soir !

Donc, les lois de notre problème,
Je les aurai ;
J'irai vers elles, penseur blème,
Mage effaré !

Pourquoi cacher ces lois profondes ?
Rien n'est muré ;
Dans vos flammes et dans vos ondes
Je passerai.

J'irai lire la grande Bible ;
J'entrerai nu
Jusqu'au tabernacle terrible
De l'inconnu ;

Jusqu'au seuil de l'ombre et du vide,
Gouffres ouverts,
Que garde la meute livide
Des noirs éclairs ;

> Jusqu'aux portes visionnaires
> Du ciel sacré ;
> Et si vous aboyez, tonnerres,
> Je rugirai.

Voilà de terribles hyperboles ! Beaucoup trouveront sans doute ce langage follement exagéré. Mais qu'ils songent combien est grande noble et consolante la pensée qui l'inspire. N'est-ce pas celle du progrès sans limite ? Pour moi, je l'avoue, cet orgueil de l'esprit de l'homme me plaît immensément et je l'aime jusque dans son délire. Je comprends Prométhée dérobant au ciel le feu céleste, même au prix d'un long et douloureux martyre. Je bénis Adam préférant au paradis et au repos la connaissance et le travail, et je m'écrie moi aussi : heureuse faute, *felix culpa*, qui nous a valu, au prix de la lutte et de la mort, la science et la vie progressive !

Mais cet orgueil n'est légitime que s'il s'appuie réellement sur la science. Il faudrait le déplorer et plaindre celui qui en serait possédé s'il s'inspirait de prétendues révélations auxquelles la crédulité donnerait un caractère surnaturel. M. Hugo est trop le poëte de la nature pour croire au *surnaturel*. Il la comprend trop bien dans son immensité vivante pour admettre qu'il y ait, en dehors d'elle et de ses lois, des êtres et des volontés. Ce n'est pas lui qui tomberait jamais dans les erreurs dangereuses du mysticisme chrétien. Cependant, s'il ne veut pas s'en tenir à l'observation expérimentale qui se contente d'accepter la vie telle qu'elle nous apparaît sous ses deux aspects inséparables, l'impondérable et le pondérable, l'esprit et la matière ; si enfin il regarde l'âme comme une entité distincte du corps, et l'esprit comme une réalité indépendante de la matière et supérieure, il restera exposé à toutes les illusions du spiritualisme, et risquera d'être dupe de phénomènes qui pourront aller jusqu'à troubler ses sens, bien qu'ils soient uniquement le résultat d'une imagination frappée et d'une croyance irrationnelle. M. Hugo nous comprendra quoique notre langage paraisse manquer de clarté.

Ces réflexions nous sont inspirées surtout par la lecture de cette pièce remarquable qu'il a appelée de ce titre singulier : *Ce que dit la bouche d'ombre*. La bouche d'ombre parle comme parlerait la bouche de Victor Hugo, comme parlerait sa table, s'il se livrait à ce jeu puéril qui consiste à demander à un meuble des révélations qu'il vaudrait bien mieux demander à la raison. Le système que lui dicte *la bouche d'ombre* n'est que la reproduction de sa pensée, peut-être *la résultante* des pensées de plusieurs ; mais comme il n'a pas été élaboré par la science, comme il n'a pas passé au creuset du bon sens, il est irrationnel et même un peu absurde.

Ecoutez *la bouche d'ombre* — l'imagination sans le jugement, *la folle du logis,* — elle vous dira :

> ... Que tout connaît sa loi, son but, sa route ;
> Que de l'astre au ciron, l'immensité l'écoute,
> Que tout a conscience en la création...
> Tout parle. Et maintenant, homme, sais-tu pourquoi
> Tout parle ? Ecoute bien. C'est que vents, ondes, flammes,
> Arbres, roseaux, rochers, tout vit, tout est plein d'âmes.

Mais comment cela se fait-il ? Vous allez l'apprendre, écoutez **encore** la bouche d'ombre :

> Dieu n'a créé que l'être impondérable,
> Il le fit radieux, beau, candide, adorable,
> Mais imparfait ; sans quoi sur la même hauteur,
> La créature étant égale au créateur,
> Cette perfection, dans l'infini perdue,
> Se serait avec Dieu mêlée et confondue ;
> Et la création, à force de clarté,
> En lui serait rentrée et n'aurait pas été.
> La création sainte où rêve le prophète,
> Pour être, ô profondeur ! devait être imparfaite.
> Donc Dieu fit l'univers, l'univers fit le mal...
> Tout nageait, tout volait : or la première faute
> Fut le premier poids. Dieu sentit une douleur ;
> Le poids prit une forme, et, comme l'oiseleur
> Fuit emportant l'oiseau qui frissonne et qui lutte,
> Il tomba, traînant l'ange éperdu dans sa chute.
> Le mal était fait. Puis tout alla s'aggravant,
> Et l'éther devint l'air, et l'air devint le vent ;
> L'ange devint l'esprit, et l'esprit devint l'homme.
> L'âme tomba, des maux multipliant la somme,
> Dans la brute, dans l'arbre et même au-dessous d'eux,
> Dans le caillou pensif, cet aveugle hideux ;
> Êtres vils qu'à regret les anges énumèrent !
> Et de tous ces amas des globes se formèrent,
> Et derrière ces blocs naquit la sombre nuit.
> Le mal, c'est la matière : arbre noir, fatal fruit.

Voilà tout le système. Malgré la richesse des détails, au fond il n'est pas neuf. Il a été déjà indiqué par l'auteur de la *Divine Comédie.* C'est toujours le dogme chrétien de la chute et la condamnation de la matière. C'est la création se faisant en sens inverse du progrès, et allant du parfait à l'imparfait. Comment Victor Hugo ne s'est-il pas aperçu, lui qui croit au progrès, qu'il y avait contradiction entre le système de *la bouche d'ombre* et le principe de la vie progressive ? De quel droit supposer que l'être qui va se développant de plus en plus a commencé par la rétrogradation ? Qui vous autorise à donner un démenti à la nature ? Comment admettre qu'elle a changé sa logique, et qu'après avoir créé par la loi de rétrogradation, elle développe par la loi du progrès ? Les lois de l'univers ne sont donc pas immuables ? Vous les soumettez au caprice d'un être personnel qui est la cause première et ne sait pas prévoir les effets qu'elle contient, qui est le bien (l'esprit) et se manifeste par le mal (la matière)? Allons, tenez, votre Dieu ressemble trop aux autres dieux de ma connaissance, tous faits à l'image de l'homme ; je soupçonne fort votre *bouche d'ombre* d'avoir vécu jadis à Jérusalem ou à Babylone, et de n'être que l'éloquent instrument de quelque scribe en délire ou de quelque *mage éffaré.*

Nous aurions aimé à analyser ces pages singulières où l'auteur expose longuement le système que lui a révélé *la bouche d'ombre ;* mais il faut nous contenter d'en avoir indiqué le point de départ ; l'espace nous fait défaut. Quoique nous ayons déjà dépassé, sous le charme de notre lecture, les limites qui nous étaient imposées, nous ne finirons pas sans citer encore quelques strophes d'une pièce qu'il faudrait reproduire presque entière, celle qui a pour titre : *Pleurs dans la nuit.* C'est là surtout que le poëte développe avec complaisance son idée des âmes criminelles emprisonnées dans des cailloux :

> Est-ce que ces cailloux, tout pénétrés de crimes,
> Dans l'horreur étouffés, scellés dans les abîmes,
> Enviant l'ossement,
> Sans air, sans mouvement, sans jour, sans yeux, sans bouche,
> Entre l'herbe sinistre et le cercueil farouche,
> Vivraient affreusement?
>
> Est-ce que ce seraient des âmes condamnées,
> Des maudits qui, pendant des millions d'années,
> Seuls avec le remords,
> Au lieu de voir des yeux de l'astre solitaire
> Sortir les rayons d'or, verraient les vers de terre
> Sortir des yeux des morts?
>
> Homme et roche, exister noir dans l'ombre vivante !
> Songer, pétrifié dans sa propre épouvante !
> Rêver l'éternité !
> Dévorer ses fureurs confusément rugies !
> Être pris, ouragan de crimes et d'orgies,
> Dans l'immobilité !...

Qu'a fait ce bloc, béant dans la fosse insalubre?
Glacé du froid profond de la terre lugubre,
    Informe et châtié.
Aveugle, même aux yeux que la nuit réverbère,
Il pense et se souvient... — Quoi! ce n'est que Tibère!
    Seigneur, ayez pitié!

Ce dur silex, noyé dans la terre, âpre, fruste,
Couvert d'ombre, pendant que le ciel s'ouvre au juste
    Qui s'y réfugia?
Jaloux du chien qui jappe et de l'âne qui passe,
Songe et dit : Je suis là! — Dieu vivant, faites grâce!
    Ce n'est que Borgia!...

Et le poëte fait ainsi passer sous les yeux du lecteur une douzaine
de brigands couronnés, pour lesquels les peuples qu'ils ont foulés, les
victimes qu'ils ont immolées à leurs vices, viennent demander grâce.
Si l'idée n'est pas des plus raisonnables, elle ne manque pas d'origi-
nalité. Mais j'aime bien mieux le poëte quand, laissant les vaines hypothèses, il revient à la nature, à la vraie nature, et qu'il se borne à
peindre ce qui tombe sous les sens :

L'âme est partie, on rend le corps à la nature.
La vie a disparu sous cette créature ;
    Mort, où sont tes appuis?
Le voilà hors du temps, de l'espace et du nombre.
On le descend avec une corde dans l'ombre,
    Comme un seau dans un puits.,.

Et la terre agitant la ronce à sa surface,
Dit : L'homme est mort, c'est bien ; que veut-on que j'en fasse?
    Pourquoi me le rend-on ?
Terre! fais-en des fleurs, des lis que l'aube arrose !
De cette bouche aux dents béantes, fais la rose
    Entr'ouvrant son bouton !

Fais ruisseler ce sang dans tes sources d'eaux vives,
Et fais-le boire aux bœufs mugissants, tes convives ;
    Prends ces chairs en haillons.
Fais de ces seins bleuis sortir des violettes,
Et couvre de ces yeux que t'offrent les squelettes
    L'aile des papillons.

Fais avec tous ces morts une joyeuse vie.
Fais-en le fier torrent qui gronde et qui dévie,
    La mousse au frais tapis !
Fais-en des rocs, des joncs, des fruits, des vignes mûres,
Des brises, des parfums, des bois pleins de murmures,
    Des sillons pleins d'épis!

Fais-en des buissons verts, fais-en de grandes herbes ;
Et qu'en ton sein profond d'où se lèvent les gerbes,
A travers leur sommeil,
Les effroyables morts sans souffle et sans paroles
Se sentent frissonner dans toutes ces corolles
Qui tremblent au soleil !

Et devant de pareils vers il s'est trouvé des critiques qui ont déclaré gravement, *urbi et orbi*, que le talent de Victor Hugo s'était amoindri ! Qu'il ait changé, oui, mais ce n'est pas en mal. Le poëte a ajouté de nouvelles cordes à sa lyre. De nouveaux sentiments se sont éveillés en lui. Il aime autrement, il aime mieux, il aime davantage. Il comprend la vie universelle et la solidarité des êtres. La nature n'est plus pour lui un tableau posé complaisamment sous ses regards pour qu'il en fasse la description ; il la sent vivre et gémir et chanter en lui et hors de lui. Et puis, ce que nous aimons et ce qui nous intéresse, c'est cette lutte de l'intelligence qui cherche sans cesse le vrai, qui reconnaît ses erreurs, et s'en sert comme d'un marchepied pour grandir et monter encore. Une seule chose est à regretter, c'est que dans ses conceptions poétiques il sorte trop souvent du vrai, du réel et même du possible. Cependant, son talent est trop plastique, trop créateur de la forme et, osons le dire, trop amant de la matière, pour se perdre dans les abîmes sans fond du spiritualisme. Théologien, il pourra exalter l'esprit au détriment du corps ; poëte, il adorera toujours la nature. Et du reste ce qu'il cherche dans l'esprit, c'est la vie, ce qu'il cherche dans la mort, c'est l'être. Ce qu'il redoute par-dessus tout, c'est l'obscurité, le repos, l'anéantissement. C'est pourquoi il ne faut pas être dupe de la couleur sombre de ses titres, et prendre trop au sérieux ses tristesses. Ces mots : *dolor, horror, cadaver, gouffre, sépulcre*, qu'il met en tête de ses vers ne sont que des étiquettes à effet. S'il se plonge dans sa douleur, s'il fouille le sépulcre, s'il se penche sur l'infini, s'il interroge Dieu, c'est pour augmenter ses sensations, élargir ses sentiments, agrandir ses connaissances ; c'est pour s'élever davantage sur l'échelle du progrès et vivre de plus en plus. Son but n'est donc pas la mort, mais bien la vie ; son idéal, *son paradis*, n'est donc pas en arrière dans l'immobile éternité, mais en avant, dans le temps dont le pas est celui de l'être qui se développe. Sa religion, malgré quelques erreurs, quelques illusions passagères, n'est donc pas celle du passé, celle du retour à Dieu par le repentir, l'humilité, la résignation, mais bien celle de l'avenir, celle du progrès indéfini par l'effort solidaire, par l'amour et par la science.

Ch. FAUVETY.

SYSTÈME PHILOSOPHIQUE ET RELIGIEUX
DE VICTOR HUGO.

Des trois grands poëtes qu'a vus naître la première moitié du siècle, Béranger, Lamartine, Victor Hugo, le premier ne chante plus : comblé d'ans, d'honneur et d'amour, heureux et fier d'avoir, dans ses derniers chants, consacré les nouvelles doctrines, Béranger passe doucement à la postérité, laissant une image triomphante et pure, qui longtemps encore flottera dans la mêlée vivante des idées, des sentiments et des faits, parce que, jusqu'au dernier vers, le poëte a aimé, compris, aidé l'avenir.

Moins heureux, moins calme, et surtout moins sage, l'illustre auteur des *Méditations* n'a point su être pauvre. Il se consume misérablement à émietter pour de l'or les restes de sa belle intelligence ; transfuge de l'avenir, il renie la poésie et le progrès, et force ses disciples les plus dévoués à flageller publiquement les défections de sa vieillesse.

Victor Hugo n'apprête pas à ses amis une pareille douleur, ni à ses ennemis un triomphe semblable : debout dans les brumes de l'exil, il porte noblement la mauvaise fortune. La douleur le retrempe ; l'exil le mûrit, et loin de s'assoupir avec l'âge, l'ardente inquiétude de sa pensée se tourne vaillamment vers des champs où elle n'avait pas encore tenté de moissonner.

Nous ne saurions prendre au sérieux le conseil que donne au lecteur la préface des *Contemplations ;* nous ne voyons point dans ces deux volumes le testament d'un homme déjà mort : cette déclaration, d'une emphase un peu théâtrale, est dans les habitudes de M. Victor Hugo, mais le public aurait tort d'en être dupe ; et M. Hugo lui-même, je pense, serait bien fâché qu'on acceptât cette abdication prématurée ; sa tâche n'est point finie, les *Contemplations* ne seront point sa dernière œuvre.

Cette promesse ne nous serait point faite sur la couverture du livre, que nous la trouverions dans le caractère même de l'œuvre nouvelle que le grand écrivain abandonne à l'admiration du public.

La douleur qui l'a frappé comme père, l'exil qui l'a frappé comme citoyen, l'ont élevé tout-à-coup vers la méditation des vérités religieuses; ce poëte qui ne fut guère jusqu'ici que l'amant de la forme, ou le chantre des félicités de la famille individuelle, lui qui ne laissa guère briller que par éclairs des inspirations d'un caractère plus général, le voici qui aborde, à son tour, les grands mystères de la vie, et qui donne pour travail à sa maturité les problèmes éternels de la religion et de la philosophie.

Cette voie est celle de l'avenir, et le poëte qui la choisit est certain d'y être suivi. On l'a dit souvent dans cette revue, ce qui a manqué jusqu'ici, c'est une doctrine; le travail du siècle est l'élaboration d'un dogme, d'une morale et d'une pratique nouvelles. Le genre humain commence à se faire des lois éternelles qui régissent l'Univers, de l'amour infini qui le pénètre, des forces incommensurables qui l'animent, une conception plus complète et plus large qu'aucune des conceptions passées ; l'humanité devient plus religieuse qu'elle ne le fut jamais.

Ce grand mouvement qui soulève doucement les masses, et qui, d'heure en heure, se fait connaître par des aspirations nouvelles, et par des faits nouveaux, M. Victor Hugo l'a ressenti làbas dans son île, et ce n'est pas son moindre mérite que de rester ainsi, loin de la France, en communion avec elle.

Bien que l'étude que nous voulons faire ici des *Contemplations* soit plutôt philosophique que littéraire, nous ne pouvons nous défendre de donner d'abord au grand écrivain l'admiration qui lui est due.

Sans doute un goût plus sévère eût retranché quelques pièces ; sans doute d'anciens défauts reparaissent: les grandes qualités ont leurs revers ; l'incohérence des images, la bizarrerie des termes, l'emphase de l'expression, l'enflure de la pensée, gâtent trop souvent le plaisir que l'on prend à la lecture des *Contemplations ;* mais à chaque page aussi on y retrouve cette magnificence de parole qui donne tant de relief ou de profondeur; ces allures originales d'une langue qui, assouplie à tous les caprices du poëte, devient sienne sans cesser d'être nôtre, et ces grands tableaux où, par un artifice admirable, la poésie devenue tout à la fois peinture, sculpture et musique, nous met dans l'âme et sous les yeux une scène, une perspective, un paysage !

Nous ajouterons qu'en traitant ces sujets nouveaux, le style du poëte a pris une vigueur de touche, une sobriété de ton, une grandeur simple, que nous ne lui avons jamais connues.

Nous ne savons rien, par exemple, de plus véritablement lyrique que la pièce intitulée *Ibo*, par laquelle s'ouvre le sixième livre des *Contemplations* dont nous voulons surtout nous occuper.

Cette partie du livre à laquelle l'auteur a donné ce titre général : *Au bord de l'infini*, est une œuvre sans précédent dans les travaux de M. Victor Hugo, et par laquelle il se rattache plus à l'avenir qu'au passé. Lutteur triomphant, couronné de gloire dans la première moitié du siècle, il descend volontairement dans une arène nouvelle pour y conquérir sa place à côté des jeunes athlètes qui cherchent l'inspiration dans des voies nouvelles. Puisque M. Hugo essaie de chanter l'avenir, jugeons-le donc comme un poëte de l'avenir, et disons-lui sans détour, avec une fraternelle rudesse, en quoi il nous paraît faire fausse route, et malgré sa bonne volonté, prendre au milieu du labyrinthe où s'agite le siècle, plus souvent, les routes qui ramènent au passé que celles qui conduisent à l'avenir.

Par ses aspirations, par ses désirs, par son amour du beau, du vrai et du bon, M. Hugo appartient aux générations nouvelles ; mais cependant il sent peu, il comprend imparfaitement, et rarement il chante, le vrai, le bon, le beau, tels que la génération nouvelle commence à les découvrir. Il est souvent dépassé par son auditoire. Sa doctrine et sa morale sont d'un chrétien ou d'un païen ; rarement il s'élève jusqu'à l'idéal nouveau.

Il répudie, je le sais, le dogme désolant de la chute et la croyance impie de l'éternité des peines ; il annonce en vers magnifiques *la Fin de Satan*, mais il l'annonce pour l'avenir et non pour le présent. Il a le sentiment de l'universalité de la vie, et le sentiment lui vaut ses plus belles inspirations, mais souvent, en croyant le suivre, il s'enfonce dans le dédale d'une métempsycose bizarre et triste où il porte, sans pouvoir s'en délivrer, les préjugés, les contradictions, les non-sens, les vues mesquines et les sentiments étroits tantôt du matérialisme, tantôt du spiritualisme.

Le Dieu qu'il chante est toujours cette inexplicable et froide entité d'un esprit pur, créateur parfait de la matière immonde, vivant en dehors des conditions de la vie ; abstraction vide et creuse, conception purement mathématique, l'une des formules

usées par lesquelles le genre humain s'est rendu dans le passé
un compte imparfait du mystère de la vie et que remplace la
conception plus rationnelle, plus réelle, plus religieuse, qui nous
montre dans l'univers vivant la mystérieuse et progressive association de tout ce qui est.

Engagé dans les liens de l'ancienne formule, M. Victor Hugo,
malgré ses élans vers l'avenir, vient à chaque vers se heurter
douloureusement contre la vieille antinomie du fini et de l'infini ; ne comprenant pas que le fini et l'infini ne sont point deux
réalités, séparées l'une de l'autre par je ne sais quel abîme que la
mort puisse combler ; que l'absolu et le relatif, le contingent et
le nécessaire, le temporel et l'éternel, le changeant et l'immuable,
ne sont que de pures conceptions de l'esprit, vaines abstractions
qu'il faut se garder de prendre pour la réalité vivante dans
laquelle elles viennent perpétuellement se résoudre à mesure
que l'intelligence les conçoit. La réalité, la vie, c'est l'inces-
sante manifestation de l'infini par l'union éternellement progressive du moi et du non-moi, de chacun de nous avec ce qui
n'est pas lui. La religion est tout entière désormais dans cette
communion perpétuelle, c'est-à-dire dans le progrès constant
de la science, de la morale et de l'industrie ; elle n'est donc plus
cette aspiration mystique qui se consume à rêver exclusivement le
passage chimérique du fini à l'infini, et qui ne trouvant dans le
présent rien qui puisse satisfaire une fantaisie impossible, se
plonge dans les fables d'un avenir que l'imagination ne peut con-
cevoir qu'en supprimant les conditions même de la vie.

Nous n'avons aucun besoin de la mort pour entrer dans l'é-
ternité ; dès cette heure présente, nous sommes tous en pleine
vie éternelle : la terre et le ciel ne font qu'un, et cette planète
est un des lieux innombrables de l'Univers. Chacun et tous, fonc-
tions distinctes, mais solidairement associées de l'Univers vivant,
le point que nous occupons dans l'étendue incommensurable,
la minute que chacun de nous vit dans le temps éternel,
sont un des degrés innombrables de l'échelle sans commencement
ni fin que gravit indéfiniment la spirale des êtres.

Ces mystères éternels de la vie dont nous sommes avides de
lever les voiles, il n'est point nécessaire de traverser la mort
pour en pénétrer les secrets ; jamais ces secrets ne nous seront
absolument dévoilés par une intuition complète ; mais la science
les découvre progressivement, et si le phénomène de la mort
ajoute, en renouvelant les conditions de la vie, à la clarté de nos

connaissances et à leur étendue, tenons pour certain que ces lumières nouvelles feront suite à nos lumières présentes, et sachons nous confier paisiblement et sans trouble à l'infinie sagesse des lois selon lesquelles l'Univers se régit.

Sachons donc reconnaître où nous sommes, et contemplons dès cette minute la grandeur infinie de l'existence. N'emprisonnons point notre amour dans la seule espérance ; dès maintenant aimons tout ce qui est, et dans tout ce qui est, tout ce qui fut et tout ce qui sera. Cette passion du saint, du vrai, du beau, qui nous brûle, donnons-lui, à cette heure même, l'aliment qu'elle veut avoir. Ouvrons nos cœurs, élargissons notre intelligence, déployons nos forces.

Ayons assez de sagesse, assez de foi, assez de courage pour nous confier à cet Univers qui nous embrasse, nous porte et nous anime. Soyons plus religieux que ne le furent jamais nos pères ; au lieu d'espérer en tremblant un paradis mystique, privilége de quelques élus, créons progressivement ce paradis pour tous par le travail, par la science, par l'amour !

Pourquoi donc rapetisser Dieu et le tenir toujours à notre taille, tantôt pierre, souche, reptile ou soleil, tantôt esprit pur ou atôme ?

Pourquoi rejeter en dehors de la sanctification, pourquoi frapper d'anathème tout un aspect de la vie ? La matière existe-t-elle moins que l'esprit ? l'esprit a-t-il plus de réalité que la matière ? Pourquoi ce besoin d'anathème et d'imprécation ? quel est ce goût pour les abstractions, et ce mépris superbe des réalités ?

Que M. Hugo y prenne garde : cette fausse conception de la vie mène à une fausse morale et à une pratique non moins fausse. Que notre poëte descende dans son cœur, et qu'il voie les contradictions de ses sentiments et de son intelligence.

Quand il obéit à son cœur, à ses sentiments, il demande pour tous le travail, et au prix du travail, l'aisance, la richesse ; il se souvient et se fait gloire d'avoir écrit cette belle page qui s'appelle *Claude Gueux*. Quand il obéit au contraire à la logique du dogme spiritualiste, il chante la pauvreté, il célèbre la misère, il prêche le mépris des jouissances corporelles. Pourquoi cette contradiction ? Si la matière est à ce point haïssable, si les joies de la terre sont à ce point coupables et dangereuses, prêchez-en donc à tous la sainte et rigoureuse abstinence, et bornez toute la morale à la paraphrase de cette parole célèbre : « Voyez les lis des champs ! ils ne filent ni ne travaillent, et cependant Salomon, dans toute sa gloire, ne fut jamais vêtu comme l'un d'eux ! «

C'est une grande erreur, et où l'on tombe aisément, de prendre la pure contemplation pour la religion ; être religieux désormais, c'est vivre en communion croissante par l'amour, par la science et par l'industrie avec tout ce qui est ; être religieux, c'est agir autant que penser, c'est penser autant qu'aimer.

Les dogmes se jugent aux fruits qu'ils produisent : ils ne valent point seulement par la satisfaction purement intellectuelle que donne l'agencement systématique d'une théorie complète, et dont toutes les parties se correspondent. L'homme ne vit pas seulement de logique, il vit aussi de morale et d'activité ; or le dogme spiritualiste mène directement et logiquement à l'extase, et l'extase est aussi peu religieuse que le serait l'orgie. Voilà ce que M. Victor Hugo ne paraît pas comprendre. Il a placé, par exemple, dans le sixième livre des *Contemplations,* qui est en quelque sorte sa profession de foi, la pièce suivante que nous demandons permission de citer tout entière :

> Oh ! par nos vils plaisirs, nos appétits, nos fanges,
> Que de fois nous devons vous attrister, archanges !
> C'est vraiment une chose amère, de songer
> Qu'en ce monde, où l'esprit n'est qu'un morne étranger,
> Où la volupté rit, jeune et si décrépite !
> Où, dans les lits profonds, l'aile d'en bas palpite,
> Quand, pâmé dans un nimbe ou bien dans un éclair,
> On tend sa bouche ardente aux coupes de la chair,
> A l'heure où l'on s'enivre aux lèvres d'une femme
> De ce qu'on croit l'amour, de ce qu'on prend pour l'âme,
> Sang du cœur, vin des sens, âcre et délicieux,
> On fait rougir là-haut quelque passant des cieux !

Assurément M. Victor Hugo a cru donner un grand précepte et une grande preuve de moralité en écrivant les vers que nous venons de citer ! Or, à notre avis, il n'a fait ni l'un ni l'autre ; il a montré une fois de plus que le sentiment de l'amour nouveau lui manque, et qu'il ne peut que se rejeter tout entier, tantôt de la brutalité païenne dans l'ascétisme, tantôt de l'ascétisme dans la volupté grossière ; il ne sait ou il oublie que la chair et l'industrie sont sœurs, et que l'émancipation de l'une doit amener la purification de l'autre ; mais purifier n'est point détruire ; l'humanité en appellera toujours, fût-ce par la révolte, des anathèmes absolus lancés contre la volupté : le remède aux mauvaises mœurs, la sainteté est dans l'amour, non dans les chimères du mysticisme.

Cette fidélité malheureuse au dogme ancien explique la contemplation assidue et désespérée que M. Victor Hugo fait de la mort. Il y a pour lui, entre ce qui est et ce qui sera, entre la vie présente et la vie future, un abîme tellement obscur et tellement infranchissable, que ses yeux ni sa pensée ne peuvent se détacher de sa noire profondeur. Nulle part la mort, avec les circonstances purement matérielles qui l'accompagnent : décomposition des chairs, dénudation des os, évanouissement des formes, et tout ce que présente d'horrible et de lugubre ce grand phénomène de la transformation de la vie humaine quand l'amour et la foi ne l'illuminent point de leur flambeau, n'apparaissent avec plus d'horreur et d'épouvante ! Le poëte ne se peut arracher à ces affreux tableaux ; il oublie, devant le cercueil sur lequel la terre retombe, le thème de l'esprit pur, des anges et des âmes. Vainement il essaie de se rejeter dans les explications mystiques du spiritualisme, il revient, comme malgré lui, à la fosse béante, à ces os qui roulent ou qui saillissent, à ces cheveux qui se tordent parmi les racines, à ces yeux qui regardent sans voir, à ces chairs bleuies où il tâche vainement de faire germer les violettes ; la consolation qu'il cherche ne lui est pas donnée.

C'est qu'il a beau faire, il ne peut vivre de la vie de l'esprit pur ; il ne peut, ni en lui ni hors de lui, supprimer le corps ; il lui faut la forme, la couleur, la sensation ; païen au moins autant qu'il est chrétien, cherchant, sans trouver encore d'issue, à monter plus haut, et à résoudre dans une croyance plus large les antinomies qui font son tourment, et, jusqu'ici, son inspiration.

C'est en effet ce combat perpétuel entre le sentiment matérialiste et le sentiment spiritualiste qui caractérise jusqu'ici le talent de M. Victor Hugo ; chez lui défauts et qualités coulent de cette source ; il n'est point jusqu'au mauvais goût de certaines métaphores, taches trop fréquentes dans son style, qui ne tiennent aux rapprochements bizarres et forcés qu'il s'étudie à faire entre ces deux manières de sentir.

De même que lorsqu'il veut vivre de la vie de l'esprit, M. Victor Hugo est exclusivement spiritualiste, et, tombe tout droit dans l'extase et dans le mysticisme, de même quand il s'abandonne à son amour pour la nature, il reste païen, polythéiste, fétichiste même, ne sachant encore ni sentir ni comprendre la vie sous son aspect impersonnel.

La poésie de M. Hugo est un antropomorphisme perpétuel. Quand il veut exprimer la vie de la nature, il ne sait que prêter aux fleurs, aux arbres, aux plantes, que dis-je, aux rochers, à la mer, aux vents, les passions, les sentiments, l'aspect, et jusqu'aux bons mots des femmes et des hommes ; travail ingénieux qui fait sourire, mais qui ne touche pas ; badinage spirituel qui rappelle *les Fleurs animées* et les *Animaux peints par eux-mêmes.*

Cette impuissance de ressentir et de peindre la vie de la nature, autrement qu'en la traduisant en vie humaine, est si grande, et en même temps le désir d'exprimer le sentiment de l'universalité de la vie est si fort chez M. Hugo, que sous cette double inspiration, il perd entièrement le sens de la réalité, et nous donne, par exemple, le colloque que tiennent avec le cadavre les quatre planches du cercueil !

Ce sont là des tours de force dont nous ne saurions être touchés ; mais ces puérilités apparentes ont une signification plus sérieuse qu'elles ne semblent : nous y voyons l'effort incessant, pénible, mais persévérant, d'une inspiration qui cherche encore, mais qui mérite de trouver, et qui trouvera.

Quand le grand poëte sentira véritablement la vie, l'infinité de l'Univers et l'universalité divine ; quand il comprendra clairement que les dogmes anciens ne furent que des explications incomplètes des rapports de l'homme avec l'Univers et de l'Univers avec l'homme ; quand il sentira la solidarité et l'égalité des aspects sous lesquels la vie se manifeste en nous et hors de nous ; quand les ombres du surnaturel s'évanouiront définitivement devant ses yeux, et que brilleront devant lui les pures et chaudes lumières de l'amour universel, ses grandes ailes l'enlèveront tout d'un vol dans des sphères plus hautes que celles qu'il a déjà parcourues : il découvrira l'unité et la multiplicité vivante de tout ce qui est ; il sentira à la fois la personnalité et l'impersonnalité de la vie. Ce ne sera plus dans le crépuscule d'un avenir mystique qu'il placera la fin du règne de Satan ; il saura que le meilleur est la loi du monde, et comprendra le sens profond de ces deux grands mots que le siècle commence à balbutier : solidarité, association universelle !

Ch. LEMONNIER.

REVUE DES LIVRES.

LA RELIGION NATURELLE, par Jules Simon.

La religion est tellement naturelle à l'homme, qu'elle est, à proprement parler, le ciment des sociétés, et que nulle part, jusqu'à ce jour, en aucun lieu, en aucun temps, on n'a pu voir une société politique naître et subsister, si ce n'est à l'ombre d'une conception religieuse. Et pourtant nous n'aimons pas ce mot de *Religion naturelle*; il ne nous paraît pas représenter une idée juste. Est-ce qu'il y aurait par hasard des religions qui ne seraient pas naturelles? Est-ce que toutes les grandes religions positives qui ont possédé ou qui possèdent encore le cœur et l'esprit de tant de millions d'hommes, seraient des conceptions contraires à la nature? et faudrait-il réserver le mot de religion naturelle pour un système qui jusqu'à présent n'a régné sur aucune société, et qui ne représente encore, sauf les éventualités que l'avenir recèle, que les vues personnelles et particulières de l'auteur dont nous examinons l'ouvrage? On arriverait ainsi à ce singulier résultat, que de toutes les religions qui existent ou ont existé, aucune ne serait naturelle, et que cette qualification n'appartiendrait légitimement qu'à une religion qui n'existe pas encore.

S'il y avait une conception de Dieu qui fût dans le sens propre du mot « naturelle à l'homme, » elle serait par cela même universelle, chacun la suivrait instinctivement. Mais il n'existe au monde rien de pareil. Il n'y a pas plus de religion naturelle qu'il n'y a de politique ou de physique naturelle. L'homme est un être religieux et sociable qui se développe, qui perfectionne sans cesse l'idée qu'il se fait de Dieu, comme il perfectionne son état social, comme il s'élève à des notions de plus en plus précises sur les lois qui régissent le monde matériel. Les religions positives ne s'établissent et ne se maintiennent que parce qu'elles expriment et résument, par la révélation qu'elles apportent sur Dieu, sur le monde et sur l'homme, les idées les plus avancées et les sentiments les plus sympathiques de leur temps; elles marquent ainsi une des étapes de l'espèce humaine, un des termes de son développement religieux, de même que la constitution sociale de chaque nation exprime, à chaque époque, le point précis de son développement politique.

Il est évident que si M. Jules Simon avait pensé comme nous sur ce sujet, il n'aurait pas même entrepris d'écrire son livre. Mais M. Jules Simon appartient à une école qui sans jamais s'expliquer à fond sur